DISCOURS

PRONONCÉS
DANS L'ACADÉMIE
FRANÇOISE,

Le Jeudi XI Décembre M. DCC. LXXXVIII,

A LA RÉCEPTION

DE M. VICQ D'AZYR.

A L'IMMORTALITÉ

A PARIS,

Chez Demonville, Imprimeur-Libraire de l'Académie
Françoise, rue Christine, aux Armes de Dombes.

————————————————

M. DCC. LXXXVIII.

M. Vicq d'Azyr ayant été élu par Messieurs de l'Académie Françoise, à la place de M. le Comte de Buffon, y vint prendre séance le Jeudi 11 Décembre 1788, & prononça le Discours qui suit.

MESSIEURS,

DANS le nombre de ceux auxquels vous accordez vos suffrages, il en est qui, déjà célèbres par d'immortels Ecrits, viennent associer leur gloire avec la vôtre ; mais il en est aussi qui, à la faveur de l'heureux accord qui doit régner entre les Sciences & les Arts, viennent vous demander, au nom des Sociétés savantes, dont ils ont l'honneur d'être Membres, à se perfectionner près de vous dans le grand art de penser & d'écrire, le premier des Beaux-Arts, & celui dont vous êtes les arbitres & les modèles.

C'eſt ainſi, Messieurs; c'eſt ſous les auſpices des Corps ſavans auxquels j'ai l'honneur d'appartenir, que je me préſente aujourd'hui parmi vous. L'un de ces Corps (1) vous eſt attaché depuis long-temps par des liens qui ſont chers aux Lettres ; dépoſitaire des ſecrets de la Nature, interprète de ſes lois, il offre à l'Eloquence de grands ſujets & de riches tableaux. Quelque éloignées que paroiſſent être de vos occupations les autres Compagnies (1) qui m'ont reçu dans leur ſein, elles s'en rapprochent, en pluſieurs points, par leurs études. Peut-être que les grands Ecrivains qui ſe ſont illuſtrés dans l'art que je profeſſe, qui ont contribué, par leurs veilles, à conſerver dans toute leur pureté ces Langues éloquentes de la Grèce & de l'Italie, dont vos Productions ont fait revivre les tréſors, qui ont le mieux imité Pline & Celſe dans l'élégance de leur langage ; peut-être que ces hommes avoient quelques droits à vos récompenſes. Animé par leurs exemples, j'ai marché de loin ſur leurs traces ; j'ai fait de grands efforts, & vous avez couronné mes travaux.

Et ce n'eſt pas moi ſeul dont les vœux ſont aujourd'hui comblés ; que ne puis-je vous exprimer, Messieurs, combien la faveur que vous m'avez accordée a répandu d'encouragement & de joie parmi les Membres & les Correſpondans nombreux de la Compagnie ſavante dont je ſuis l'organe. J'ai vu que, dans les lieux les plus éloignés, que par-tout où l'on cultive ſon eſprit & ſa raiſon, on connoît le prix de vos ſuffrages ; & ſi quelque choſe pouvoit ajouter au bonheur de les avoir réunis, ce

_____

(1) L'Académie Royale des Sciences.
(2) La Faculté & la Société Royale de Médecine de Paris.

seroit celui de voir tant de Savans estimables partager votre bienfait & ma reconnoissance ; ce seroit ce concours de tant de félicitations qu'ils m'ont adressées de toutes parts, lorsque vous m'avez permis de succéder parmi vous à l'homme illustre que le Monde littéraire a perdu.

Malheureusement il en est de ceux qui succèdent aux grands Hommes, comme de ceux qui en descendent. On voudroit qu'héritiers de leurs priviléges, ils le fussent aussi de leurs talens ; & on les rend, pour ainsi dire, responsables de ces pertes que la Nature est toujours si lente à réparer. Mais ces reproches, qui échappent au sentiment aigri par la douleur, le silence qui règne dans l'Empire des Lettres, lorsque la voix des hommes éloquens a cessé de s'y faire entendre, ce vide qu'on ne sauroit combler, font autant d'hommages offerts au génie. Ajoutons-y les nôtres ; & méritons, par nos respects, que l'on nous pardonne d'être assis à la place du Philosophe qui fut une des lumières de son siècle, & l'un des ornemens de sa patrie.

La France n'avoit produit aucun Ouvrage qu'elle pût opposer aux grandes vues des Anciens sur la Nature. Buffon naquit, & la France n'eut plus, à cet égard, de regrets à former.

On touchoit au milieu du siècle ; l'Auteur de la Henriade & de Zaïre continuoit de charmer le monde par l'inépuisable fécondité de son génie ; Montesquieu démêloit les causes physiques & morales qui influent sur les institutions des hommes ; le Citoyen de Genève commençoit à les étonner par la hardiesse & l'éloquence de sa philosophie ; d'Alembert écrivoit cet immortel Discours qui sert de frontispice au plus vaste de tous les monumens de la Littérature ; il expliquoit la précession des équinoxes, & il créoit un nouveau calcul ; Buffon préparoit fes pinceaux, & tous ces grands Efprits donnoient des efpérances qui n'ont point été trompées.

Quel grand, quel étonnant fpectacle que celui de la Nature ! Des aftres étincelans & fixes, qui répandent au loin la chaleur & la lumière ; des aftres errans, qui brillent d'un éclat emprunté, & dont les routes font tracées dans l'efpace ; des forces oppofées, d'où naît l'équilibre des mondes ; l'élément léger, qui fe balance autour de la terre ; les eaux courantes, qui la dégradent & la fillonnent ; les eaux tranquilles, dont le limon qui la féconde forme les plaines ; tout ce qui vit fur fa furface, & tout ce qu'elle cache en fon fein ; l'homme lui-même, dont l'audace a tout entrepris, dont l'intelligence a tout embraffé, dont l'induftrie a mefuré le temps & l'efpace ; la chaîne éternelle des caufes ; la férie mobile des effets ; tout eft compris dans ce merveilleux enfemble. Ce font ces grands objets que M. de Buffon a traités dans fes Ecrits. Hiftorien, Orateur, Peintre & Poète, il a pris tous les tons & mérité toutes les palmes de l'Eloquence. Ses vues font hardies, fes plans font bien conçus, fes tableaux font magnifiques. Il inftruit fouvent, il intéreffe toujours ; quelquefois il enchante, il ravit ; il force l'admiration, lors même que la raïfon lui réfifte. On retrouve dans fes erreurs l'empreinte de fon génie ; & leur tableau prouveroit feul que celui qui les commit fut un grand Homme.

Lorfqu'on jette un coup - d'œil général fur les Ouvrages de M. de Buffon, on ne fait ce qu'on doit le plus admirer dans une entreprife fi étendue, ou de la vigueur de fon efprit, qui ne fe fatigua jamais ; ou de la per-

fection soutenue de son travail, qui ne s'est point dé-
mentie, ou de la variété de son savoir, que chaque jour
il augmentoit par l'étude. Il excella sur-tout dans l'art
de généraliser ses idées & d'enchaîner les observations.
Souvent, après avoir recueilli des faits jusqu'alors isolés
& stériles, il s'élève & il arrive aux résultats les plus inat-
tendus. En le suivant, les rapports naissent de toutes
parts; jamais on ne sut donner à des conjectures plus de
vraisemblance, & à des doutes l'apparence d'une impar-
tialité plus parfaite. Voyez avec quel art, lorsqu'il établit
une opinion, les probabilités les plus foibles sont placées les premières; à mesure qu'il avance, il en aug-
mente si rapidement le nombre & la force, que le lecteur
subjugué se refuse à toute réflexion qui porteroit atteinte
à son plaisir. Pour éclairer les objets, M. de Buffon
emploie, suivant le besoin, deux manières : dans l'une,
un jour doux, égal, se répand sur toute la surface ; dans
l'autre, une lumière vive, éblouissante, n'en frappe qu'un
seul point. Personne ne voila mieux ces vérités délicates,
qui ne veulent qu'être indiquées aux hommes. Et, dans
son style, quel accord entre l'expression & la pensée !
Dans l'exposition des faits, sa phrase n'est qu'élégante ;
dans les préfaces de ses Traductions, il ne montre qu'un
Ecrivain correct & sage. Lorsqu'il applique le calcul à
la morale, il se contente de se rendre intelligible à tous.
S'il décrit une expérience, il est précis & clair ; on voit
l'objet dont il parle ; & pour des yeux exercés, c'est le
trait d'un grand Artiste : mais on s'aperçoit sans peine
que ce sont les sujets élevés qu'il cherche & qu'il pré-
fère. C'est en les traitant qu'il déploie toutes ses forces,
& que son style montre toute la richesse de son talent.

Dans ces tableaux, où l'imagination fe repofe fur un merveilleux réel, comme Manilius & Pope, il peint pour inftruire ; comme eux il décrit ces grands phénomènes, qui font plus impofans que les menfonges de la fable ; comme eux il attend le moment de l'infpiration pour produire ; & comme eux il eft Poète. En lui la clarté, cette qualité première des Ecrivains, n'eft point altérée par l'abondance. Les idées principales, diftribuées avec goût, forment les appuis du difcours ; il a foin que chaque mot convienne à l'harmonie autant qu'à la penfée ; il ne fe fert, pour défigner les chofes communes, que de ces termes généraux, qui ont, avec ce qui les entoure, des liaifons étendues. A la beauté du coloris il joint la vigueur du deffin ; à la force s'allie la nobleffe ; l'élégance de fon langage eft continue ; fon ftyle eft toujours élevé, fouvent fublime, impofant & majeftueux ; il charme l'oreille, il féduit l'imagination, il occupe toutes les facultés de l'efprit ; & pour produire ces effets, il n'a befoin ni de la fenfibilité, qui émeut & qui touche, ni de la véhémence, qui entraîne, & qui laiffe dans l'étonnement celui qu'elle a frappé. Que l'on étudie ce grand art dans le difcours où M. de Buffon en a tracé les règles ; on y verra par-tout l'Auteur fe rendant un compte exact de fes efforts, réfléchiffant profondément fur fes moyens, & dictant des lois auxquelles il n'a jamais manqué d'obéir. Lorfqu'il vous difoit, MESSIEURS, que les beautés du ftyle font les droits les plus fûrs que l'on puiffe avoir à l'admiration de la Poftérité, lorfqu'il vous expofoit comment un Ecrivain, en s'élevant par la contemplation à des vérités fublimes, peut établir fur des fondemens inébranlables, des monumens

immortels ;

immortels ; il portoit en lui le fentiment de fa deftinée ; & c'étoit alors une prédiction qui fut bientôt ac‑complie.

Je n'aurois jamais ofé, MESSIEURS, parler ici de l'élocution & du ftyle, fi, en effayant d'apprécier M. de Buffon fous ce rapport, je n'avois été conduit par M. de Buffon lui-même. C'eft en lifant fes Ouvrages que l'on éprouve toute la puiffance du talent qui les a produis, & de l'art qui les a formés. Je fens mieux que perfonne combien il eft difficile de célébrer dignement tant de dons raffemblés ; & lors même que cet éloge me ramène aux objets les plus familiers de mes travaux, j'ai lieu de douter encore que j'aye rempli votre attente. Mais les Ouvrages de M. de Buffon font fi répandus, & l'on s'eft tant oc‑cupé de la Nature en l'étudiant dans fes Ecrits, que, pour donner de ce grand Homme l'idée que j'en ai conçue, je n'ai pas craint, MESSIEURS, de vous entretenir auffi des plus profonds objets de fes méditations & de fes travaux.

Avant de parler de l'homme & des animaux, M. de Buffon devoit décrire la terre qu'ils habitent, & qui eft leur domaine commun; mais la théorie de ce globe lui parut tenir au fyftême entier de l'univers, & différens phénomènes, tels que l'augmentation fucceffive des glaces vers les pôles, & la découverte des offemens des grands animaux dans le Nord, annonçant qu'il avoit exifté fur cette partie de notre planète une autre température, M. de Buffon chercha, fans la trouver, la folution de cette grande énigme dans la fuite des faits connus. Libre alors, fon imagination féconde ofa fuppléer à ce que les tra‑vaux des hommes n'avoient pu découvrir. Il dit avec

B

Héſiode : Vous connoîtrez quand la terre commença d'être, & comment elle enfanta les hautes montagnes. Il dit avec Lucrèce : J'enſeignerai avec quels élémens la Nature produit, accroît & nourrit les animaux ; & ſe plaçant à l'origine des choſes : Un aſtre, ajouta - t - il, a frappé le ſoleil ; il en a fait jaillir un torrent de matière embraſée, dont les parties, condenſées inſenſiblement par le froid, ont formé les planètes. Sur le globe que nous habitons, les molécules vivantes ſe ſont compoſées de l'union de la matière inerte avec l'élément du feu ; les régions des pôles, où le refroidiſſement a commencé, ont été, dans le principe, la patrie des plus grands animaux. Mais déjà la flamme de la vie s'y eſt éteinte ; & la terre, ſe dépouillant, par degrés, de ſa verdure, finira par n'être plus qu'un vaſte tombeau.

On trouve dans ces fictions brillantes la ſource de tous les ſyſtêmes que M. de Buffon a formés. Mais pour ſavoir juſqu'à quel point il tenoit à ces illuſions de l'eſprit, qu'on le ſuive dans les routes où il s'engage. Ici, plein de confiance dans ſes explications, il rappelle tout à des lois que ſon imagination a dictées. Là, plus réſervé, il juge les ſyſtêmes de Whiſton & de Léibnitz, comme il convient au Traducteur de Newton ; & la ſévérité de ſes principes étonne ceux qui ſavent combien eſt grande ailleurs la hardieſſe de ſes ſuppoſitions. Eſt-il bleſſé par la ſatire ? il reprend ces théories qu'il avoit preſque abandonnées ; il les accommode aux découvertes qui ont changé la face de la Phyſique ; &, perfectionnées, elles excitent de nouveau les applaudiſſemens & l'admiration que des Critiques mal-adroits avoient projeté de lui ravir. Plus calme ailleurs, il convient que ſes hypothèſes ſont dénuées de preuves ; & il femble fe juftifier , plutôt que s'applaudir de les avoir imaginées. Maintenant fon art eft connu , & fon fecret eft dévoilé. Ce grand Homme n'a rien négligé de ce qui pouvoit attirer fur lui l'attention générale , qui étoit l'objet de tous fes travaux. Il a voulu lier , par une chaîne commune , toutes les parties du fyftême de la Nature ; il n'a point penfé que, dans une fi longue carrière , le feul langage de la raifon pût fe faire entendre à tous; & cherchant à plaire pour inftruire , il a mêlé quelquefois les vérités aux fables , & plus fouvent quelques fictions aux vérités.

Dans les Difcours dont je dois raffembler ici les principales idées, les problêmes les plus intéreffans font propofés & réfolus. On y cherche, parmi les lieux les plus élevés du globe, quel fut le berceau du genre humain ; on y peint les premiers peuples s'entourant d'animaux efclaves ; des colonies nombreufes fuivant la direction & les pentes des montagnes, qui leur fervent d'échelons pour defcendre au loin dans les plaines , & la terre fe couvrant , avec le temps , de leur poftérité.

On y demande s'il y a des hommes de plufieurs efpèces ; l'on y fait voir que , depuis les zones froides , que le Lapon & l'Eskimau partagent avec les phoques & les ours blancs , jufqu'aux climats que difputent à l'Africain le lion & la panthère , la grande caufe qui modifie les êtres eft la chaleur. L'on y démontre que ce font fes variétés qui produifent les nuances de la couleur & les différences de la ftature des divers habitans du globe , & que nul caractère conftant n'établit entre eux des différences déterminées. D'un pôle à l'autre , les hommes ne forment donc qu'une feule efpèce ; ils ne compofent qu'une même famille. Ainfi, c'eſt aux Naturaliſtes qu'on doit les preuves phyſiques de cette vérité morale, que l'ignorance & la tyrannie ont ſi ſouvent méconnue, & que, depuis ſi long-temps, les Européens outragent, lorſqu'ils achètent leurs frères, pour les ſoumettre, ſans relâche, à un travail ſans ſalaire, pour les mêler à leurs troupeaux, & s'en former une propriété, dans laquelle il n'y a de légitime que la haîne vouée par les eſclaves à leurs oppreſſeurs, & les imprécations adreſſées, par ces malheureux, au Ciel, contre tant de barbarie & d'impunité.

On avoit tant écrit ſur les ſens, que la matière paroiſſoit épuiſée ; mais on n'avoit point indiqué l'ordre de leur prééminence dans les diverſes claſſes d'animaux. C'eſt ce que M. de Buffon a fait ; & conſidérant que les rapports des ſenſations dominantes doivent être les mêmes que ceux des organes, qui en ſont le foyer, il en a conclu que l'homme, inſtruit ſur-tout par le toucher, qui eſt un ſens profond, doit être attentif, ſérieux, & réfléchi ; que le quadrupède, auquel l'odorat & le goût commandent, doit avoir des appétits véhémens & groſſiers ; tandis que l'oiſeau, que l'œil & l'oreille conduiſent, aura des ſenſations vives, légères, précipitées comme ſon vol, & étendues comme la ſphère où il ſe meut en parcourant les airs.

En parlant de l'éducation, M. de Buffon prouve que dans toutes les claſſes d'animaux, c'eſt par les ſoins aſſidus des meres que s'étendent les facultés des êtres ſenſibles ; que c'eſt par le ſéjour que les petits font près d'elles, que ſe perfectionne leur jugement, & que ſe développe leur induſtrie : de ſorte que les plus imparfaits de tous ſont ceux par qui ne fut jamais preſſé le ſein qui les porta, & que le premier eſt l'homme qui, ſi long-

temps foible, doit à celle dont il a reçu le jour, tant
de caresses, tant d'innocens plaisirs, tant de douces pa-
roles, tant d'idées & de raisonnemens, tant d'expériences
& de savoir ; que sans cette première instruction qui forme
l'esprit, il demeureroit peut-être muet & stupide parmi
les animaux auxquels il devoit commander.

Les idées morales sont toutes appuyées sur des vérités
physiques, & comme celles-ci résultent de l'observation &
de l'expérience, les premières naissent de la réflexion &
de la philosophie. M. de Buffon, en les mêlant avec art
les unes aux autres, a su tout animer & tout embellir.
Il en a fait sur-tout le plus ingénieux usage pour com-
battre les maux que répand parmi les hommes la peur
de mourir. Tantôt s'adressant aux personnes les plus
timides, il leur dit que le corps énervé ne peut éprouver de vives souffrances au moment de sa dissolution.
Tantôt voulant convaincre les lecteurs les plus éclai-
rés, il leur montre dans le désordre apparent de la des-
truction, un des effets de la cause qui conserve & qui
régénere ; il leur fait remarquer que le sentiment de
l'existence ne forme point en nous une trame continue,
que ce fil se rompt chaque jour par le sommeil, & que
ces lacunes, dont personne ne s'effraye, appartiennent
toutes à la mort. Tantôt parlant aux vieillards, il leur
annonce que le plus âgé d'entre eux, s'il jouit d'une bonne
santé, conserve l'espérance légitime de trois années de
vie ; que la mort se rallentit dans sa marche, à mesure
qu'elle s'avance, & que c'est encore une raison pour vivre,
que d'avoir long-temps vécu.

Les calculs que M. de Buffon a publiés sur ce sujet
important, ne se bornent point à répandre des consola-

tions ; on en tire encore des conféquences utiles à l'ad-
miniftration des peuples. Il prouve que les grandes villes
font des abîmes où l'efpèce humaine s'engloutit. On y
voit que les années les moins fertiles en fubfiftance font
auffi les moins fécondes en hommes. De nombreux réfultats y montrent que le corps politique languit lorfqu'on l'opprime ; qu'il fe fatigue & s'épuife lorfqu'on l'ir-
rite ; qu'il dépérit faute de chaleur ou d'aliment, & qu'il
ne jouit de toutes fes forces qu'au fein de l'abondance
& de la liberté.

M. de Buffon eft donc le premier qui ait uni la Géo-
graphie à l'Hiftoire Naturelle, & qui ait appliqué l'Hiftoire Naturelle à la Philofophie ; le premier qui ait dif-
tribué les quadrupèdes par zônes, qui les ait comparés
entre eux dans les deux Mondes, & qui leur ait affigné
le rang qu'ils doivent tenir à raifon de leur induftrie. Il
eft le premier qui ait dévoilé les caufes de la dégénéra-
tion des animaux ; favoir, le changement de climats, d'alimens, & de mœurs, c'eft à dire, l'éloignement de la
patrie & la perte de la liberté. Il eft le premier qui ait
expliqué comment les peuples des deux continens fe font
confondus, qui ait réuni dans un tableau toutes les variétés de notre efpèce, & qui, dans l'hiftoire de l'homme,
ait fait connoître, comme un caractère que l'homme feul
poffède, cette flexibilité d'organes qui fe prête à toutes
les tempéiatures, & qui donne le pouvoir de vivre &
de vieillir dans tous les climats.

Parmi tant d'idées exactes & de vues neuves, comment
ne reconnoîtroit-on pas une raifon forte que l'imagination
n'abandonne jamais, & qui, foit qu'elle s'occupe à difcuter,
à divifer ou à conclure, mêlant des images aux abftrac-

tions & des emblêmes aux vérités, ne laiffe rien fans liaifons, fans couleur ou fans vie, peint ce que les autres ont
décrit, fubftitue des tableaux ornés à des détails arides,
des théories brillantes à de vaines fuppofitions, crée une
fcience nouvelle, & force tous les efprits à méditer fur
les objets de fon étude, & à partager fes travaux & fes
plaifirs.

Dans le nombre des Critiques qui s'élevèrent contre
la premiere partie de l'Hiftoire Naturelle de M. de Buffon,
M. l'Abbé de Condillac, le plus redoutable de fes adver-
faires, fixa tous les regards. Son efprit jouiffoit de toute
fa force dans la difpute. Celui de M. de Buffon au contraire y étoit en quelque forte étranger. Veut-on les
bien connoître ? Que l'on jette les yeux fur ce qu'ils ont
dit des fenfations. Ici les deux Philofophes partent du
même point ; c'eft un homme que chacun d'eux veut
animer. L'un, toujours méthodique, commence par ne
donner à fa ftatue qu'un feul fens à la fois. Toujours
abondant, l'autre ne refufe à la fienne aucun des dons qu'elle
auroit pu tenir de la Nature. C'eft l'odorat, le plus obtus
des organes, que le premier met d'abord en ufage. Déjà le
fecond a ouvert les yeux de fa ftatue à la lumière, &
ce qu'il y a de plus brillant a frappé fes regards. M. l'Abbé
de Condillac fait une analyfe complette des impreffions
qu'il communique. M. de Buffon au contraire a difparu,
ce n'eft plus lui, c'eft l'homme qu'il a créé, qui voit,
qui entend, & qui parle. La ftatue de M. l'Abbé de
Condillac, calme, tranquille, ne s'étonne de rien, parce
que tout eft prévu, tout eft expliqué par fon auteur. Il
n'en eft pas de même de celle de M. de Buffon ; tout
l'inquiète, parce qu'abandonnée à elle-même, elle eft

feule dans l'Univers : elle fe meut, elle fe fatigue, elle s'endort, fon reveil eft une feconde naiffance ; & comme le trouble de fes efprits fait une partie de fon charme, il doit excufer une partie de fes erreurs. Plus l'homme de M. l'Abbé de Condillac avance dans la carrière de fon éducation, plus il s'éclaire ; il parvient enfin à généralifer fes idées, & à découvrir en lui-mêmes les caufes de fa dépendance & les fources de fa liberté. Dans la ftatue de M. de Buffon ce n'eft pas la raifon qui fe perfectionne, c'eft le fentiment qui s'exalte ; elle s'empreffe de jouir ; c'eft Galatée qui s'anime fous le cifeau de Pygmalion, & l'amour achève fon exiftence. Dans ces productions de deux de nos grands Hommes, je ne vois rien de femblable. Dans l'une, on admire une poéfie fublime ; dans l'autre, une philofophie profonde. Pourquoi fe traitoient-ils en rivaux, puifqu'ils alloient par des chemins différens à la gloire, & que tous les deux étoient également fûrs d'y arriver ?

Aux difcours fur la nature des animaux fuccéda leur defcription. Aucune production femblable n'avoit encore attiré les regards des hommes. Swammerdam avoit écrit fur les infectes. Occupé des mêmes travaux, Réaumur avoit donné à l'Hiftoire Naturelle le premier afile qu'elle ait eu parmi nous, & fes Ouvrages, quoique diffus, étoient recherchés. Ce fut alors que M. de Buffon fe montra. Fort de la confcience de fon talent, il commanda l'attention. Il s'attacha d'abord à détruire le merveilleux de la prévoyance attribuée aux infectes ; il rappela les hommes à l'étude de leurs propres organes ; & dédaignant toute méthode, ce fut à grands traits qu'il deffina fes tableaux. Autour de l'homme, à des diftances que le favoir & le

goût

goût ont mefurées, il plaça les animaux dont l'homme a fait la conquête, ceux qui le fervent près de fes foyers, ou dans les travaux champêtres ; ceux qu'il a fubjugués & qui refufent de le fervir ; ceux qui le fuivent, le careffent, & l'aiment ; ceux qui le fuivent & le careffent fans l'aimer ; ceux qu'il repouffe par la rufe ou qu'il attaque à force ouverte ; & les tribus nombreufes d'animaux qui, bondiffant dans les taillis, fous les futaies, fur la cime des montagnes, ou au fommet des rochers, fe nourriffent de feuilles & d'herbes, & les tribus redoutables de ceux qui ne vivent que de meurtre & de carnage. A ces groupes de quadrupedes, il oppofa des groupes d'oifeaux. Chacun de ces êtres lui offrit une phyfionomie, & reçut de lui un caractère. Il avoit peint le ciel, la terre, l'homme, & fes âges, & fes jeux, & fes malheurs, & fes plaifirs ; il avoit affigné aux divers animaux toutes les nuances des paffions. Il avoit parlé de tout, & tout parloit de lui. Ainfi quarante années de vie littéraire furent pour M. de Buffon quarante années de gloire ; ainfi le bruit de tant d'applaudiffemens étouffa les cris aigus de l'envie, qui s'efforçoit d'arrêter fon triomphe ; ainfi, le dix-huitieme fiecle rendit à Buffon vivant les honneurs de l'immortalité.

· M. de Buffon a décrit plus de quatre cents efpèces d'animaux ; &, dans un fi long travail, fa plume ne s'eft point fatiguée. L'expofition de la ftructure & l'énumération des propriétés, par les places qu'elles occupent, fervent à repofer la vue, & font reffortir les autres parties de la compofition. Les différences des habitudes, des appétits, des mœurs & du climat, offrent des contraftes, dont le jeu produit des effets brillans. Des épifodes heureux y répandent de la variété, & diverfes moralités y

C

mêlent, comme dans des apologues, des leçons utiles. S'il falloit prouver ce que j'avance, qu'aurois-je, Messieurs, à faire de plus que de retracer des lectures qui ont été la fource de vos plaifirs ? Vous n'avez point oublié avec quelle noblefſe, rival de Virgile, M. de Buffon a peint le courfier fougueux, s'animant au bruit des armes, & partageant avec l'homme les fatigues de la guerre & la gloire des combats ; avec quelle vigueur il a deſſiné le tigre, qui, raffafié de chair, eft encore altéré de fang. Comme on eft frappé de l'oppofition de ce caractère féroce, avec la douceur de la brebis, avec la docilité du chameau, de la vigogne & du renne, auxquels la Nature a tout donné pour leurs maîtres ; avec la patience du bœuf, qui eft le foutien du ménage & la force de l'agriculture ! Qui n'a pas remarqué, parmi les oifeaux dont M. de Buffon a décrit les mœurs, le courage franc du faucon, la cruauté lâche du vautour, la fenfibilité du ferin, la pétulance du moineau, la familiarité du troglodyte, dont le ramage & la gaîté bravent la rigueur de nos hivers, & les douces habitudes de la colombe, qui fait aimer fans partage, & les combats innocens des fauvettes, qui font l'emblême de l'amour léger ? Quelle variété, quelle richeffe dans les couleurs avec lefquelles M. de Buffon a peint la robe du zèbre, la fourrure du léopard, la blancheur du cygne & l'éclatant plumage de l'oifeau mouche ! Comme on s'intéreffe à la vue des procédés induftrieux de l'éléphant & du caftor ! Que de majefté dans les épifodes où M. de Buffon compare les terres anciennes & brûlées des déferts de l'Arabie, où tout a ceffé de vivre, avec les plaines fangeufes du nouveau Continent, qui fourmillent d'infectes, où fe

traînent d'énormes reptiles , qui font couverts d'oiſeaux
raviſſeurs , & où la vie ſemble naître du ſein des eaux !
Quoi de plus moral enfin que les réflexions que ces beaux
ſujets ont dictées ! C'eſt, dit-il (à l'article de l'éléphant),
parmi les êtres les plus intelligens & les plus doux que
la Nature a choiſi le Roi des animaux. Mais je m'arrête.
En vain j'accumulerois ici les exemples ; entouré des
richeſſes que le génie de M. de Buffon a raſſemblées , il
me ſeroit également impoſſible de les faire connoître ,
& de les rappeler toutes dans ce Diſcours. J'ai voulu
ſeulement, pour paroître meilleur , emprunter un inſtant
ſon langage. J'ai voulu graver ſur ſa tombe , en ce jour
de deuil , quelques-unes de ſes penſées ; j'ai voulu, Messieurs, conſacrer ici ma vénération pour ſa mémoire , &
vous montrer qu'au moins j'ai médité long-temps ſur ſes
Ecrits.

Lorſque M. de Buffon avoit conçu le projet de ſon
Ouvrage, il s'étoit flatté qu'il lui ſeroit poſſible de l'ache-
ver dans ſon entier. Mais le temps lui manqua ; il vit
que la chaîne de ſes travaux alloit être rompue ; il
voulut au moins en former le dernier anneau, l'attacher
& le joindre au premier.

Les minéraux, à l'étude deſquels il a voué la fin de
ſa carrière, vus ſous tous les rapports, ſont en oppoſi-
tion avec les êtres animés, qui ont été les ſujets de ſes
premiers tableaux. De toutes parts, dans le premier règne, l'exiſtence ſe renouvelle & ſe propage ; tout y eſt
vie , mouvement, & ſenſibilité. Ici, c'eſt au contraire
l'empire de la deſtruction : la terre, obſervée dans l'épaiſ-
ſeur des couches qui la compoſent, eſt jonchée d'oſſe-
mens ; les générations paſſées y ſont confondues ; les

générations à venir s'y engloutiront encore. Nous-mêmes
en ferons parties. Les marbres des palais, les murs des
maisons, le sol qui nous soutient, le vêtement qui nous
couvre, l'aliment qui nous nourrit, tout ce qui sert à
l'homme, est le produit & l'image de la mort.

Ce sont ces grands contrastes que M. de Buffon aimoit
à saisir ; & lorsqu'abandonnant à l'un de ses amis, qui
s'est montré digne de cette association honorable, mais
qui déjà n'est plus, le soin de finir son Traité des Oi‑
seaux, il se livroit à l'examen des corps que la terre
cache en son sein ; il y cherchoit, on n'en peut douter,
de nouveaux sujets à peindre ; il vouloit considérer &
suivre les continuelles métamorphoses de la matière qui
vit dans les organes, & qui meurt hors des limites de leur
énergie ; il vouloit dessiner ces grands laboratoires où
se préparent la chaux, la craie, la soude & la magnésie
au fond du vaste Océan : il vouloit parler de la Nature
active, j'ai presque dit des sympathies, de ce métal ami
de l'homme, sans lequel nos vaisseaux vogueroient au
hasard sur les mers ; il vouloit décrire l'éclat & la lim‑
pidité des pierres précieuses, échappées à ses pinceaux ; il
vouloit montrer l'or suspendu dans les fleuves, dispersé
dans les sables, ou caché dans les mines, & se dérobant
par-tout à la cupidité qui le poursuit ; il vouloit adresser
un discours éloquent aux Nations sur la nécessité de cher‑
cher les richesses, non dans des cavernes profondes, mais
sur tant de plaines incultes, qui, livrées au laboureur,
produiroient à jamais l'abondance & la santé.

Quelquefois M. de Buffon montre dans son talent une
confiance qui est l'ame des grandes entreprises. Voilà,
dit-il, ce que j'aperçois par la vue de l'esprit ; & il ne

trompé point : càr cette vue feule lui a découvert des rapports que d'autres n'ont trouvés qu'à force de veilles & de travaux. Il avoit jugé que le diamant étoit inflammable, parce qu'il y avoit reconnu, comme dans les huiles, une réfraction puissante. Ce qu'il a conclu de ses remarques fur l'étendue des glaces auftrales, Coock l'a confirmé. Lorfqu'il comparoit la refpiration à l'action d'un feu toujours agiffant ; lorfqu'il diftinguoit deux efpèces de chaleur, l'une lumineufe, & l'autre obfcure ; lorfque, mécontent du phlogiftique de Sthaal, il en formoit un à fa manière ; lorfqu'il créoit un foufre ; lorfque, pour expliquer la calcination & la réduction des métaux, il avoit recours à un agent compofé de feu, d'air, & de lumière ; dans ces différentes théories, il faifoit tout ce qu'on peut attendre de l'efprit ; il devançoit l'obfervation ; il arrivoit au but fans avoir paffé par les fentiers pénibles de l'expérience ; c'eft qu'il l'avoit vu d'en haut, & qu'il étoit defcendu pour l'atteindre, tandis que d'autres ont à gravir long-temps pour y arriver.

Celui qui a terminé un long Ouvrage fe repofe en y fongeant. Ce fut en réfléchiffant ainfi fur le grand édifice qui étoit forti de fes mains, que M. de Buffon projeta d'en refferrer l'étendue dans des fommaires, où fes obfervations, rapprochées de fes principes, & mifes en action, offriroient toute fa théorie dans un mouvant tableau. A cette vue il en joignit une autre. L'Hiftoire de la Nature lui parut devoir comprendre, non feulement tous les corps, mais auffi toutes les durées & tous les efpaces. Par ce qui refte, il efpéra qu'il joindroit le préfent au paffé, & que de ces deux points il fe porteroit sûrement vers l'avenir. Il réduifit à cinq grands faits tous les phénomènes du mouvement & de la chaleur du globe ; de toutes les fubftances minérales, il forma cinq monumens principaux ; & préfent à tout, marchant d'une de ces bafes vers l'autre, calculant leur ancienneté, mefurant leurs intervalles, il affigna aux révolutions leurs périodes, au monde fes âges, à la Nature fes époques.

Qu'il eft grand & vafte ce projet de montrer les traces des fiècles empreintes depuis le fommet des plus hautes élévations du globe jufqu'au fond des abîmes, foit dans ces maffifs que le temps a refpectés, foit dans ces couches immenfes, formées par les débris des animaux muets & voraces qui pullulent fi abondamment dans les mers; foit dans ces productions dont les eaux ont couvert les montagnes, foit dans ces dépouilles antiques de l'éléphant & de l'hippopotame que l'on trouve aujourd'hui fous des terres glacées, foit dans ces excavations profondes, où parmi tant de métamorphofes, tant de compofitions ébauchées, & tant de formes régulières, on prend l'idée de ce que peuvent le temps & le mouvement, & de ce que font l'éternité & la toute-puiffance.

Mille objections ont été faites contre cette compofition hardie. Mais que leurs auteurs difent fi, lorfqu'ils affectent, par une critique aifée, d'en blâmer les détails, ils ne font pas forcés à en admirer l'enfemble ; fi jamais des fujets plus grands ont fixé leur attention ; fi, quelque part, le génie a plus d'audace & d'abondance. J'oferai pourtant faire un reprôche à M. de Buffon. Lorfqu'il peint la lune déjà refroidie ; lorfqu'il menace la terre de la perte de fa chaleur & de la deftruction de fes habitans : je demande fi cette image lugubre & fombre, fi cette fin de tout fouvenir, de toute penfée, fi cet éternel-

filence n'offrent pas quelque chofe d'effrayant à l'efprit ? Je demande fi le défir des fuccès & des triomphes, fi le dévouement à l'étude, fi le zèle du patriotifme, fi la vertu même, qui s'appuie fi fouvent fur l'amour de la gloire, fi toutes ces paffions, dont les vœux font fans limites, n'ont pas befoin d'un avenir fans bornes ? Croyons plutôt que les grands noms ne périront jamais ; & quels que foient nos plans, ne touchons point aux illufions de l'efpérance, fans lefquelles que refteroit-il, hélas ! à la trifte humanité ?

Pendant que M. de Buffon voyoit chaque jour à Paris fa réputation s'accroître, un Savant méditoit à Upfal le projet d'une révolution dans l'étude de la Nature. Ce Savant avoit toutes les qualités néceffaires au fuccès des grands travaux. Il dévoua tous fes momens à l'obferva-tion ; l'examen de vingt mille individus fuffit à peine à fon activité. Il fe fervit, pour les claffer, de méthodes qu'il avoit inventées ; pour les décrire, d'une langue qui étoit fon ouvrage ; pour les nommer, de mots qu'il avoit fait revivre, ou que lui même avoit formés. Ses termes furent jugés bizarres ; on trouva que fon idiome étoit rude ; mais il étonna par la précifion de fes phrafes ; il rangea tous les êtres fous une loi nouvelle. Plein d'enthoufiafme, il fembloit qu'il eût un culte à établir, & qu'il en fût le Prophète. La première de fes formules fut à Dieu, qu'il falua comme le Père de la Nature. Les fuivantes font aux élémens, à l'homme, aux autres êtres ; & chacune d'elles eft une énigme d'un grand fens, pour qui veut l'ap-profondir. Avec tant de favoir & de caractère, Linné s'em-para de l'enfeignement dans les écoles ; il eut les fuccès d'un grand Profeffeur ; M. de Buffon a eu ceux d'un grand Philofophe. Plus généreux, Linné auroit trouvé dans les

Ouvrages de M. de Buffon des paſſages dignes d'être ſubſtitués à ceux de Sénèque dont il a décoré les frontiſpices de ſes diviſions. Plus juſte, M. de Buffon auroit profité des recherches de ce Savant laborieux. Ils vécurent ennemis, parce que chacun d'eux regarda l'autre comme pouvant porter quelque atteinte à ſa gloire. Aujourd'hui que l'on voit combien ces craintes étoient vaines, qu'il me ſoit permis à moi, leur admirateur & leur panégyriſte, de rapprocher, de réconcilier ici leurs noms, ſûr qu'ils ne me déſavoueroient pas eux-mêmes, s'ils pouvoient être rendus au ſiècle qui les regrette & qu'ils ont tant illuſtré.

Pour trouver des modèles auxquels M. de Buffon reſſemble, c'eſt parmi les anciens qu'il faut les chercher. Platon, Ariſtote, & Pline, voilà les hommes auxquels il faut qu'on le compare. Lorſqu'il traite des facultés de l'ame, de la vie, de ſes élémens, & des moules qui les forment, brillant, élevé, mais ſubtil, c'eſt Platon diſſertant à l'Académie ; lorſqu'il recherche quels ſont les phénomènes des animaux, fécond mais exact, c'eſt Ariſtote enſeignant au Lycée ; lorſqu'on lit ſes Diſcours, c'eſt Pline écrivant ſes éloquens Préambules. Ariſtote a parlé des animaux avec l'élégante ſimplicité que les Grecs ont portée dans toutes les productions de l'eſprit. Sa vue ne ſe borna point à la ſurface, elle pénétra dans l'intérieur, où il examina les organes. Auſſi ce ne ſont point les individus, mais les propriétés générales des êtres qu'il conſidère. Ses nombreuſes obſervations ne ſe montrent point comme des détails ; elles lui ſervent toujours de preuve ou d'exemple. Ses caractères ſont évidens, ſes diviſions ſont naturelles, ſon ſtyle eſt ſerré, ſon diſcours eſt plein ; avant lui, nulle

nulle règle n'étoit tracée ; après lui, nulle méthode n'a
furpaffé la fienne ; on a fait plus, mais on n'a pas fait
mieux ; & le Précepteur d'Alexandre fera long-temps encore celui de fa poftérité. Pline fuivit un autre plan, &
mérita d'autres louanges; comme tous les Orateurs & les
Poëtes Latins, il rechercha les ornemens & la pompe
dans le difcours. Ses Ecrits contiennent, non l'examen,
mais le récit de ce que l'on favoit de fon temps. Il traite
de toutes les fubftances, il révèle tous les fecrets des
Arts ; tout y eft indiqué, fans que rien y foit approfondi :
auffi l'on en tire fouvent des citations, & jamais des principes. Les erreurs que l'on y trouve ne font point à lui ;
il ne les adopte point, il les raconte ; mais les véritables
beautés, qui font celles du ftyle, lui appartiennent. Ce font
au refte moins les mœurs des animaux que celles des Romains qu'il expofe. Vertueux ami de Titus, mais effrayé
par les règnes de Tibère & de Néron, une teinte de mélan-
colie fe mêle à fes tableaux; chacun de fes Livres reproche
à la Nature le malheur de l'homme, & par-tout il refpire,
comme Tacite, la crainte & l'horreur des tyrans. M. de
Buffon, qui a vécu dans des temps calmes, regarde au contraire la vie comme un bienfait ; il applique auffi les vérités phyfiques à la Morale, mais c'eft toujours pour confoler ; il eft orné comme Pline ; mais, comme Ariftote,
il recherche, il invente ; fouvent il va de l'effet à la caufe,
ce qui eft la marche de la fcience, & il place l'homme
au centre de fes defcriptions. Il parle d'Ariftote avec refpect, de Platon avec étonnement, de Pline avec éloge ;
les moindres paffages d'Ariftote lui paroiffent dignes de
fon attention ; il en examine le fens, il les difcute, il

D

s'honore d'en être l'interprète & le commentateur. Il
traite Pline avec moins de ménagement ; il le critique
avec moins d'égards. Platon, Ariftote, & Buffon n'ont
point, comme Pline, recueilli les opinions des autres ;
ils ont répandu les leurs. Platon & Ariftote ont imaginé,
comme le Philofophe François, fur les mouvemens des
cieux & fur la réproductions des êtres, des fyftêmes qui
ont dominé long-temps. Ceux de M. de Buffon ont fait
moins de fortune, parce qu'ils ont paru dans un fiècle
plus éclairé. Si l'on compare Ariftote à Pline, on voit
combien la Grèce étoit plus favante que l'Italie : en lifant
M. de Buffon, l'on apprend tout ce que les connoiffances
phyfiques ont fait de progrès parmi nous ; ils ont tous
excellé dans l'art de penfer & dans l'art d'écrire. Les Athé-
niens écoutoient Platon avec délices; Ariftote dicta des lois
à tout l'Empire des Lettres; rival de Quintilien, Pline
écrivit fur la Grammaire & fur les talens de l'Orateur.
M. de Buffon vous offrit, Messieurs, à la fois le pré-
cepte & l'exemple. On cherchera dans fes Ecrits les richeffes de notre langage, comme nous étudions dans Pline
celles de la Langue des Romains. Les Savans, les Profef-
feurs étudient Ariftote; les Philofophes, les Théologiens
lifent Platon; les Orateurs, les Hiftoriens, les curieux,
les gens du monde préfèrent Pline. La lecture des Ecrits
de M. de Buffon convient à tous; feul, il vaut mieux
que Pline; avec M. Daubenton, fon illuftre compétiteur,
il a été plus loin qu'Ariftote. Heureux accord de deux
ames dont l'union a fait la force, & dont les tréfors
étoient communs ; rare affemblage de toutes les qualités
requifes pour obferver, décrire, & peindre la Nature; phé-

nomène honorable aux Lettres, dont les fièc!es paffés n'offrent point d'exemple, & dont il faut que les hommes gardent long-temps le fouvenir.

S'il m'étoit permis de fuivre ici M. de Buffon dans la carrière des Sciences phyfiques, nous l'y retrouverions avec cet amour du grand qui le diftingue. Pour eftimer la force & la durée des bois, il a foumis des forêts en-tières à fes recherches. Pour obtenir des réfultats nou-veaux fur les progrès de la chaleur, il a placé d'énormes globes de métal dans des fourneaux immenfes. Pour ré-foudre quelques problêmes fur l'action du feu, il a opéré fur des torrens de flamme & de fumée. Il s'eft appliqué à la folution des queftions les plus importantes à la fonte des grandes pièces d'artillerie ; difons auffi qu'il s'eft efforcé de donner plus de perfection aux fers de charrue, travail vraiment digne que la Philofophie le confacre à l'humanité. Enfin, en réuniffant les foyers de plufieurs miroirs en un feul, il a inventé l'art qu'employèrent Pro-clus & Archimède pour embrâfer au loin des vaiffeaux. On doit fur-tout le louer de n'avoir pas, comme Defcartes, refufé d'y croire. Tout ce qui étoit grand & beau lui pa-roiffoit devoir être tenté, & il n'y avoit d'impoffible pour lui que les petites entreprifes & les travaux obfcurs, qui font fans gloire comme fans obftacles.

M. de Buffon fut grand dans l'aveu de fes fautes ; il les a relevées dans fes fupplémens avec autant de modeftie que de franchife, & il a montré par-là tout çe que pou-voit fur lui la force de la vérité.

Il s'étoit permis de plaifanter fur une lettre dont il ignoroit alors que M. de Voltaire fût l'auteur. Auffi-tôt qu'il l'eut appris, il déclara qu'il regrettoit d'avoir traité lé-

gèrement une des productions de ce grand Homme ; &
il joignit à cette conduite généreuse un procédé délicat,
en répondant avec beaucoup d'étendue aux foibles objections de M. de Voltaire, que les Naturalistes n'ont pas
même jugées dignes de trouver place dans leurs Ecrits.

Pour favoir tout ce que vaut M. de Buffon, il faut,
Messieurs, l'avoir lu tout entier. Pourrois-je ne pas vous
le rappeler encore, lorfque dans fa réponfe à M. de
la Condamine, il le peignit voyageant *fur ces monts
fourcilleux que couvrent des glaces éternelles, dans ces
vaftes folitudes, où la Nature, accoutumée au plus profond
filence, dut être étonnée de s'entendre interroger pour la
première fois.* L'Auditoire fut frappé de cette grande
image, & demeura pendant quelques inftans dans le
recueillement, avant que d'applaudir.

Si après avoir admiré M. de Buffon dans toutes les
parties de fes Ouvrages, nous comparions les grands
Ecrivains dont notre fiècle s'honore, avec ceux par qui
les fiècles précédens furent illuftrés, nous verrions comment la culture des Sciences a influé fur l'art oratoire,
en lui fourniffant des objets & des moyens nouveaux.
Ce qui diftingue les Ecrivains philofophes, parmi lefquels
celui que nous regrettons s'eft acquis tant de gloire,
c'eft qu'ils ont trouvé dans la Nature même, des fujets
dont les beautés feront éternelles, c'eft qu'ils n'ont montré
les progrès de l'efprit que par ceux de la raifon, qu'ils
ne fe font fervis de l'imagination qu'autant qu'il falloit
pour donner des charmes à l'étude ; c'eft qu'avançant
toujours & fe perfectionnans fans ceffe, on ne fait ni à
quelle hauteur s'éleveront leurs penfées, ni quels efpaces
embraffera leur vue, ni quels effets produiront un jour

la découverte de tant de vérités & l'abjuration de tant d'erreurs.

Pour fuffire à d'aufſi grands travaux, il a fallu de grands talens, de longues années, & beaucoup de repos. A Montbar, au milieu d'un jardin orné, s'élève une tour antique : c'eſt là que M. de Buffon a écrit l'Hiſtoire de la Nature; c'eſt de là que ſa renommée s'eſt répandue dans l'Univers. Il y venoit au lever du ſoleil, & nul importun n'avoit le droit de l'y troubler. Le calme du matin, les premiers chants des oiſeaux, l'aſpeſt varié des campagnes, tout ce qui frappoit ſes ſens, le rappeloit à ſon modèle. Libre, indépendant, il erroit dans les allées; il précipitoit, il modéroit, il ſuſpendoit ſa marche, tantôt la tête vers le ciel, dans le mouvement de l'inſpiration & ſatisfait de ſa penſée; tantôt recueilli, cherchant, ne trouvant pas, ou prêt à produire; il écrivoit, il effaçoit, il écrivoit de nouveau pour effacer encore; raſſemblant, accordant avec le même ſoin, le même goût, le même art, toutes les parties du diſcours, il le prononçoit à diverſes repriſes, ſe corrigeant à chaque fois, & content enfin de ſes efforts, il le déclamoit de nouveau pour lui-même, pour ſon plaiſir, & comme pour ſe dédommager de ſes peines. Tant de fois répétée, ſa belle proſe, comme de beaux vers, ſe gravoit dans ſa mémoire; il la récitoit à ſes amis; il les engageoit à la lire eux-mêmes à haute voix en ſa préſence; alors il l'écoutoit en juge ſévère, & il la travailloit ſans relâche, voulant s'élever à la perfeſtion que l'Ecrivain impatient ne pourra jamais atteindre.

Ce que je peins foiblement, pluſieurs en ont été témoins. Une belle phyſionomie, des cheveux blancs, des attitudes

nobles rendoient ce fpeſtable impoſant & magnifique ;
car s'il y a quelque choſe au deſſus des produ&ions du
génie, ce ne peut être que le génie lui - même, lorſqu'il
compoſe, lorſqu'il crée, & que dans ſes mouvemens ſubli-
mes il ſe rapproche, autant qu'il ſe peut, de la divinité.

Voilà bien des titres de gloire. Quand ils ſeroient
tous anéantis, M. de Buffon ne demeureroit pas ſans
éloge. Parmi les monumens dont la Capitale s'honore,
il en eſt un que la munificence des Rois conſacre à la
Nature, où les produ&ions de tous les règnes ſont réu-
nies, où les minéraux de la Suède & ceux du Potoſe,
où le renne & l'éléphant, le pingoin & le kamichi ſont
étonnés de ſe trouver enſemble; c'eſt M. de Buffon qui
a fait ces miracles; c'eſt lui qui, riche des tributs offerts
à ſa renommée par les Souvérains, par les Savans, par
tous les Naturaliſtes du Monde, porta ces offrandes dans
les Cabinets confiés à ſes ſoins. Il y avoit trouvé les
plantes que Tournefort & Vaillant avoient recueillies &
conſervées; mais aujourd'hui ce que les fouilles les plus
profondes & les voyages les plus étendus ont découvert
de plus curieux & de plus rare, s'y montre rangé dans
un petit eſpace. L'on y remarque ſur-tout ces peuples
de quadrupèdes & d'oiſeaux qu'il a ſi bien peints; & ſe
rappelant comment il en a parlé, chacun les conſidère
avec un plaiſir mêlé de reconnoiſſance. Tout eſt plein
de lui dans ce temple, où il aſſiſta, pour ainſi dire à ſon
apothéoſe; à l'entrée, ſa ſtatue, que lui ſeul fut étonné
d'y voir, atteſte la vénération de ſa patrie, qui, tant de
fois injuſte envers ſes grands Hommes, ne laiſſa pour la
gloire de M. de Buffon, rien à faire à la poſtérité.

La même magnificence ſe déploie dans les jardins,

L'école, l'amphitéâtre, les ferres, les végétaux, l'enceinte elle-même, tout y eft renouvelé, tout s'y eft étendu, tout y porte l'empreinte de ce grand caractère, qui, repouf-fant les limites, ne fe plut jamais que dans les grands efpaces & au milieu des grandes conceptions. Des collines, des vallées artificielles, des terrains de diverfe nature, des chaleurs de tous les dégrés y fervent à la culture des plantes de tous les pays. Tant de richeffes & de variété rappellent l'idée de ces monts fameux de l'Afie, dont la cime eft glacée, tandis que les vallons fitués à leur bafe font brûlans, & fur lefquels les températures & les produc-tions de tous les climats font raffemblées.

Une mort douloureufe & lente a terminé cette belle vie. A de grandes fouffrances, M. de Buffon oppofa un grand courage. Pendant de longues infomnies, il fe félicitoit d'avoir confervé cette force de tête, qui, après avoir été la fource de fes infpirations, l'entretenoit encore des grands objets de la Nature. Il vécut tout entier jufqu'au moment où nous le perdîmes. Vous vous fouvenez, MESSIEURS, de la pompe de fes funérailles ; vous y avez affifté avec les Députés des autres Académies, avec tous les amis des Lettres & des Arts, avec ce cortège innombrable de per-fonnes de tous les rangs, de tous les états, qui fuivoient en deuil, au milieu d'une foule immenfe & confternée. Un murmure de louanges & de regrets rompoit quelquefois le filence de l'affemblée. Le Temple vers lequel on mar-choit ne put contenir cette nombreufe famille d'un grand Homme. Les portiques, les avenues demeurèrent remplis; & tandis que l'on chantoit l'hymne funèbre, ces difcours, ces regrets, ces épanchemens de tous les cœurs ne furent point interrompus. Enfin en fe féparant, trifte de voir le

fiècle s'appauvrír, chacun formoit des vœux pour que tant
de refpeɛts rendus au génie fiffent germer de nouveaux
talens, & préparaffent une génération digne de fuccéder à
celle dont on trouve parmi vous, MESSIEURS, les titres
& les exemples.

J'ai parlé des beautés du ftyle & de l'étendue du
favoir de M. de Buffon. Que ne peut s'élever ici, MESSIEURS,
pour peindre dignement fes qualités & fes vertus, & pour
ajouter beaucoup à vos regrets, la voix des perfonnes ref-
peɛtables dont il s'étoit environné ! que ne peut fur-tout fe
faire entendre la voix éloquente d'une vertueufe amie, dont
les tendres confolations, dont les foins affeɛtueux, elle me
permettra de dire, dont les hommages ont fuivi cet homme
illuftre jufqu'au tombeau ! Elle peindroit l'heureufe alliance
de la bonté du cœur & de la fimplicité du caraɛtère avec
toutes les puiffances de l'efprit ! elle peindroit la réfigna-
tion d'un Philofophe fouffrant & mourant fans plainte &
fans murmure ! Cette excellente amie a été témoin de
fes derniers efforts ; elle a reçu fes derniers adieux ;
elle a recueilli fes dernières penfées. Qui mérita mieux
qu'elle d'être dépofitaire des dernières méditations du
génie ? Que ne peut encore s'élever ici la voix impo-
fante d'un illuftre ami de ce grand Homme, de cet
Adminiftrateur qui tantôt, dans la retraite, éclaire
les peuples par fes Ouvrages, & tantôt, dans l'aɛtivité
du Miniftère, les raffure par fa préfence & les conduit par
fa fageffe ! Des fentimens communs d'admiration, d'eftime,
& d'amitié, rapprochoient ces trois ames fublimes. Que de
douceurs, que de charmes dans leur union ! Etudier la
Nature & les hommes, les gouverner & les inftruire ;
leur faire du bien & fe cacher, exciter leur enthoufiafme

&

& leur amour ; ce font prefque les mêmes foins, les mêmes penfées ; ce font des travaux & des vertus qui fe reffemblent

Avec quelle joie M. de Buffon auroit vu cet ami, ce grand Miniftre, rendu par le meilleur des Rois aux vœux de tous, au moment où les Repréfentans du plus généreux des peuples vont traiter la grande affaire du falut de l'Etat; à la veille de ces grands jours où doit s'opérer la régénéra-tion folennelle du Corps politique ; où, de l'union, naî-tront l'amour & la force ; où le Père de la Patrie recueillera ces fruits fi doux de fa bienfaifance, de fa modération, & de fa juftice ; où fon augufte Compagne, mère fenfible & tendre, fi profondément occupée des foins qu'elle ne ceffe de prodiguer à fes enfans, verra fe préparer pour eux, avec la profpérité commune, la gloire & le bonheur ; dans cette époque, la plus intéreffante de notre Hiftoire, qui peindra Louis XVI protégeant la liberté près de fon trône, comme il l'a défendue au delà des mers; fe plaifant à s'entourer de fes Sujets; Chef d'une Nation éclairée, & régnant fur un peuple de Citoyens ; Roi par la naiffance; mais de plus, par la bonté de fon cœur & par fa fageffe, le Bienfaiteur de fes peuples & le Reftaurateur de fes Etats.

Qu'il m'eft doux, MESSIEURS, de pouvoir réunir tant de juftes hommages à celui de la reconnoiffance que je vous dois ! L'Académie Françoife, fondée par un Roi qui fut lui-même un grand Homme, forme une République riche de tant de moiffons de gloire, fameufe par tant de conquêtes, & fi célèbre par vos propres travaux, que peu de perfonnes font dignes d'être admifes à partager avec vous un héritage

E

tranſmis par tant d'aïeux illuſtres ; mais voulant embraſſer, dans toute ſon étendue, le champ de la penſée , vous appelez à vous des colonies compoſées d'hommes laborieux dont vous éclairez le zèle , dont vous dirigez les travaux, & parmi leſquels j'ai oſé former le vœu d'être placé. Ils vous apportent ce que le langage des Sciences & des Arts contient d'utile aux progrès des Lettres ; & ce concert de tant de voix, dont chacune révèle quelques-uns des ſecrets du grand art qui préſide à la culture de l'eſprit, eſt un des plus beaux monumens que notre ſiècle puiſſe offrir à l'admiration de la poſtérité.

RÉPONSE de M. de SAINT-LAMBERT, Directeur de l'Académie, au Difcours de M. VICQ-D'AZYR.

MONSIEUR,

Il y a long-temps que l'Académie s'honore par les hommages qu'elle aime à rendre aux talens qu'elle ne pofsède pas, & aux travaux qui lui font étrangers; elle fait quelles qualités font néceffaires à ceux qui fe confacrent à la recherche de la vérité, & que, dans tous les genres, il n'y a qu'une raifon fupérieure qui puiffe apporter de nouvelles lumières à la raifon univerfelle.

Dans le fiècle paffé, où l'art étoit arrivé à fa perfection, mais où la fcience avoit encore tant de pas à faire, il s'étoit élevé, entre l'un & l'autre, des barrières qu'on n'effayoit pas de franchir. Des afiles féparés étoient deftinés à ceux qui étudioient la Nature & à ceux qui vouloient la peindre; on ne paffoit pas de l'un à l'autre. Les grands Artiftes qui devoient la connoiffance approfondie des Arts au Philofophe de Stagire, ne fe doutoient pas encore de toutes les obligations qu'ils auroient un jour à la Philofophie.

Le fage Fontenelle, qui heureufement ne s'étoit annoncé que par des talens agréables, prêta des charmes à quelques parties des Sciences; il en infpira le goût aux Lecteurs mêmes les plus frivoles, & bientôt, Citoyen de deux Républiques oppofées, il en rapprocha les efprits; il apprit aux uns & aux autres à réunir leurs richeffes différentes. La connoiffance de la Nature devint, pour la Poéfie, une fource de beautés nouvelles. L'Auteur de la Henriade orna ce Poème philofophique, & plufieurs de fes Ouvrages, des découvertes de Newton. Les Sociétés favantes perdirent quelque chofe de leur ancienne auftérité; il régna dans leurs Ecrits une éloquence noble, fimple, & modefte, comme doit être celle des hommes qui ne veulent parler qu'à la raifon. Enfin l'Auteur de la Préface immortelle de l'Encyclopédie, l'Auteur de l'Hiftoire Naturelle, décorèrent de leurs noms la lifte de l'Académie, & le Génie des Arts fut flatté de s'affeoir à côté du Génie qui avoit enrichi fon fiècle de nouvelles vérités.

Vous avez, MONSIEUR, fait faire des progrès à une Science qui, dans tous les pays & dans tous les âges, a rencontré plus d'obftacles que d'encouragemens. L'homme veut vivre, & vivre heureux. Pour prévenir ou foulager les maux auxquels fa foible machine eft condamnée, pour prévenir ou confoler les chagrins qu'il doit aux paffions vicieufes ou trop exaltées, l'étude de l'homme phyfique & moral devroit être la plus affidue de fes études. Il femble que ceux qui ont fur nous quelque empire, devroient nous répéter fans ceffe ces mots de l'Oracle de Delphes: *Connois-toi*. Cependant les préjugés de toute efpèce fe font oppofés long-temps à cette connoiffance; & ce que la fuperftition & l'autorité ont peut-être le plus défendu à l'homme, c'eft de fe connoître.

L'ancienne & la moderne Afie ont porté jufqu'au culte le refpeêt pour les morts. Chez les Grecs, négliger de les inhumer, étoit un crime quelquefois puni par la perte de la vie. Il y a encore des Seêtes religieufes où les Prêtres, qui veulent conferver du moins l'empire des tombeaux, en défendent l'entrée à l'Anatomie. Ce n'eſt même que depuis quelques ſiècles qu'on lui abandonne les cadavres de deux eſpèces d'hommes, qui, à la vérité, ne ſont pas rares dans nos Sociétés mal ordonnées, des criminels & des miſérables.

Quel eſt donc cet inſtict mal raiſonné qui nous attache ſi fortement aux reſtes inanimés de notre être? Et pour-quoi la Société n'encourage-t-elle pas une Science dont la Nature a rendu l'étude rebutante?

Ces membres flétris & livides qu'il faut obſerver de ſi près, & ſi long-temps, bleſſent cruellement nos ſens; il faut vaincre le dégoût qu'ils nous donnent, & cette victoire, difficile à tous les hommes, eſt pour quelques-uns d'eux impoſſible.

Veut on interroger, dans les animaux, la Nature vi-vante? Ces êtres qui ſont ſouvent les victimes de notre intérêt ou de notre amuſement, & qui alors ne nous inſ-pirent qu'une foible pitié, nous font éprouver une pitié déchirante lorſqu'il faut diviſer leurs membres ſenſibles, entendre leurs gémiſſemens continus, voir tous leurs mou-vemens exprimer la plainte, & cependant prolonger & ranimer leurs douleurs.

Quelle paſſion peut donc ſurmonter des émotions ſi terribles? Cette curioſité qui, dans les hordes ſauvages, fait chercher à l'homme quelques connoiſſances utiles à ſa conſervation, & qui, dans les Sociétés policées, fait chercher à un petit nombre d'hommes, des vérités qui feront utiles à tous les ſiècles.

Cet amour de la vérité, ce beſoin irréſiſtible de la dé-couvrir, eſt la paſſion dominante des vrais Philoſophes; elle s'empare de leur ame; elle change ou dirige leur caractère ; elle fait taire les autres paſſions , & même ce déſir vague de la renommée, ce beſoin d'occuper de ſoi l'âge préſent , qui a ſi ſouvent écarté l'homme des routes de la raiſon & de la vertu.

C'eſt cette paſſion, Monsieur , qui vous a conduit dans vos travaux.

Vous êtes peut-être celui des Anatomiſtes qui a le plus comparé l'homme avec lui-même , c'eſt-à-dire , ce qu'il eſt dans ſes différens âges. Vous avez fait une étude heureuſe de pluſieurs des organes de nos ſens. Perſonne n'avoit vu auſſi bien que vous cette correſpondance établie par la Nature entre ces organes extérieurs , qui ſont les inſtrumens de l'ame , & ces organes intérieurs , qui ſont le principe de la ſenſibilité & de la vie.

Vous avez découvert, dans pluſieurs eſpèces d'animaux, des muſcles, des reſſorts inconnus avant vous. Les bornes que je dois preſcrire à ce Diſcours ne me permettent pas de m'étendre ſur tous les ſuccès de vos recherches ingénieuſes, & j'y ai regret; l'expoſition de ſes découvertes eſt l'éloge du Philoſophe , comme le récit de ſes actions eſt l'éloge de l'homme de bien. Mais vos découvertes , Monsieur , déjà ſi connues des Savans, feront dépoſées dans le beau monument que vous érigez à la ſcience de l'Anatomie. C'eſt avec le même regret que je ne dis rien des excellens articles dont vous avez enrichi l'Encyclopédie, & de pluſieurs Mémoires ſur différentes parties de l'Hiſtoire Naturelle , qui, avant l'âge de 23 ans, vous avoient mérité une place à l'Académie des Sciences.

Le déſir d'être utile , qui s'eſt allié en vous à l'amour de la vérité, pour vous ſoutenir dans vos travaux, les a quelquefois interrompus ; vous avez employé une partie de votre temps à faire des démarches & des Ecrits pour hâter l'établissement de la Société Royale de Médecine. Le projet que vous proposiez, de concert avec M. de Lassone, fut adopté promptement par un Ministre dont le génie, les connoissances immenses, toutes les actions, toutes les pensées, tous les vœux n'ont eu qu'un but, le bonheur de sa patrie & du Monde.

Il savoit que donner aux hommes la facilité de se communiquer leurs idées, c'est hâter dans tous les genres la marche de l'esprit humain. La correspondance de la Société Royale avec les plus habiles Médecins de l'Europe, a fait mieux connoître les influences que pouvoient avoir sur la santé l'air que nous respirons, le sol que nous cultivons, nos alimens, les différens emplois de notre vie. Elle a éclairé sur les symptômes, la marche, les retours de plusieurs maladies; elle apprit à démasquer l'empirisme le plus artificieux; enfin cette science, à qui la pusillanimité infirme demande trop, à qui l'ignorance robuste refuse tout, a fait des progrès comme toutes les autres sciences; elle ne nous promet plus de miracles, elle a augmenté le nombre de ses secours, elle fait mieux qu'elle ne le savoit autrefois, nous servir, se défier d'elle-même, &, quand il le faut, nous livrer à la Nature.

Quel autre que celui qui avoit eu tant de part à l'établissement de la Société Royale, quel autre que celui dont le Public aimoit la manière d'écrire & respectoit les connoissances, devoit être le Secrétaire de cette nouvelle Académie? Les acclamations de ceux qui alloient vous entendre dans les salles où vous avez long-temps honoré la place de Professeur, ces acclamations vous appeloient à une place où il faut réunir le double mérite des lumières & de l'éloquence.

Il n'eſt pas permis à celui qui eſt chargé de faire l'extrait des ſavans Ouvrages de ſes Confreres, de n'avoir que des connoiſſances ſuperficielles ; c'eſt un juge & un juge favorable, il faut que ſa juſtice & ſa bienveillance ſoient éclairées. Les Savans écrivent ſouvent pour leurs égaux. L'Auteur d'un extrait écrit toujours pour le Public ; il doit, en abrégeant, rendre plus évidentes les vérités & les erreurs ; on exige qu'il répande un grand jour ſur un eſpace borné, qu'il épargne le temps aux hommes inſtruits, & une attention pénible à ceux qui veulent s'inſtruire.

La place de Secrétaire des Sociétés ſavantes impoſe encore un genre d'ouvrage que Fontenelle a porté à ſa perfection ; ce ſont les Eloges hiſtoriques : l'Auteur eſt un Philoſophe qui raconte, & non pas un Orateur qui veut émouvoir ; toute exagération lui eſt défendue ; on lui demande des détails choiſis & de la vérité ; on veut qu'il deſſine correctement ſes perſonnages, & non qu'il les peigne avec des couleurs vives & brillantes : mais plus il s'interdit les figures & les mouvemens de l'art oratoire, plus il doit ſe parer de toutes les richeſſes de la raiſon. Il faut qu'on remarque la juſteſſe & la nouveauté de ſes penſées plus que le bonheur de ſes expreſſions ; enfin les réflexions ſont le genre d'ornemens qui lui eſt permis, &, comme tous les ornemens, elles ne doivent pas être prodiguées ; il doit ſavoir analyſer les eſprits & connoître le cœur humain. Le Lecteur aime à trouver dans ces vies abrégées le caractère des Savans & le degré d'eſtime qui leur eſt dû ; il veut vivre un moment avec eux, & voir quelles paſſions ont étendu ou borné leurs talens. Voilà, MONSIEUR, une partie du mérite des éloges

de

de l'illuftre Secrétaire actuel de l'Académie des Sciences, & des vôtres.

Vos Eloges font auffi l'hiftoire de la fcience & des progrès qu'elle a faits de nos jours. Ce qui la caractérife dans ce fiècle, c'eft d'avoir perfectionné les inftrumens dont elle peut faire ufage ; c'eft d'en avoir inventé de nouveaux ; c'eft d'avoir créé des agens, fans lefquels l'induftrie & la curiofité humaine auroient des bornes trop refferrées : c'eft avec les fecours de ces inftrumens qu'elle a découvert un nouvel aftre planétaire, & mieux connu les autres ; c'eft par un art tout nouveau qu'elle a donné un nouveau degré d'intenfité au froid & à la chaleur. Le diamant s'évapore, le mercure eft glacé, la foudre eft enlevée à la nue ; enfin c'eft par des agens de fon invention que la doctrine des quatre élémens eft reconnue une erreur : l'homme les divife, les réunit, & les change.

L'empire de la fcience n'eft plus un vafte défert où l'on trouvoit quelques fentiers pénibles, marqués par les pas des géans ; c'eft un pays cultivé, femé de toutes parts de routes faciles qui conduifent de l'une à l'autre, & que les habitans peuvent parcourir fans fatigue. Dans les fiècles à venir, ceux qui reculeront les limites de cet empire feront peut-être des hommes moins extraordinaires que leurs prédéceffeurs. Avec le fecours des agens nouveaux, des inftrumens perfectionnés, quiconque obfervera la Nature, verra tomber quelques-uns de fes voiles.

Eh ! fans cette réflexion pourroit - on fe confoler de la perte des grands Hommes tels que celui que regrettent nos Académies, la France, & l'Europe entière ? M. de Buffon eft un de ces génies rares, que toutes les fortes d'efprit peuvent admirer. L'analyfe éloquente que vous

F

venez de faire de fes Ouvrages me difpenfe d'en parler avec quelque étendue ; mais qu'il me foit permis de m'arrêter un moment fur le genre de philofophie & de beautés qui en font le caractère.

Après avoir vu tout ce qu'avoient écrit les Naturaliftes anciens & modernes ; après avoir fait lui-même beaucoup d'expériences ; après avoir médité long-temps fur une multitude de faits ifolés , M. de Buffon en faifit les rapports , s'éleva à des idées générales , & donna la théorie de la terre ; elle fut fuivie de l'hiftoire de l'homme & des animaux , & il enrichit par-tout cet Ouvrage de grandes vues & des vérités de la Philofophie. Dans la peinture de l'enfance , il expofe la manière dont nous recevons nos idées , l'origine de nos paffions , de notre raifon ; & fon ftyle , noble & touchant , jette fur la defcription de ce premier âge l'intérêt le plus doux & le plus tendre.

Peint il la révolution qui fe fait à l'âge de la puberté dans notre organifation ? il n'oublie pas celle qui fe fait dans le caractère ; l'ame eft changée avec les organes : la peinture de ce moment eft vive & animée ; la Philofophie y répand la décence.

L'homme jouit de fes forces phyfiques & de fa raifon , fes paffions & fes mufcles ont leur énergie ; & M. de Buffon peint cet âge viril avec les lumières d'un Philofophe profond dans la connoiffance du cœur humain.

Enfin , après une durée que le chagrin abrège prefque toujours , l'homme éprouve des pertes phyfiques & morales ; & le tableau de fa décadence eft un de ceux où il y a le plus d'idées fines , neuves , & confolantes.

Cet homme que vous avez vu dans tous les âges , on

vous le montre dans tous les climats ; vous aimez à le
fuivre fous les zônes torride, glacées, tempérées, & à voir
le ciel qui l'environne, le fol qui le nourrit, détermi-
nant fa couleur, fes traits, fes habitudes, fans cependant
altérer ces penchans qui font par-tout les mêmes, & que
la Philofophie & les Lois peuvent diriger vers le bonheur
de l'efpèce entière.

Vous trouverez dans tous ces tableaux la couleur propre
au fujet, & ce mérite fe fait plus remarquer encore dans
d'autres parties de l'Hiftoire Naturelle.

Quelle fimplicité noble & touchante dans les defcriptions de ces animaux, compagnons fenfibles de nos travaux,
de nos jeux, & de nos dangers ! M. de Buffon nous infpire
pour eux une reconnoiffance mêlée d'une forte d'eftime, &
je ne fais quoi de tendre, que l'égoifme lui-même ne fe
défend pas toujours d'éprouver.

Quelle énergie facile & fublime dans le tableau de ce
tigre, odieux à tous les êtres, ne voyant que fa proie
dans tout ce qui refpire, & ne jouiffant du fentiment de
fes forces, que par l'étendue de fes ravages !

Le ftyle de M. de Buffon a plus de grandeur & de
majefté dans la defcription du lion, que la néceffité force
à la guerre ; mais ennemi fans fraude, pardonnant fouvent
à la foibleffe, & quelquefois martyr de la reconnoiffance.

On relit, on médite la defcription de cet animal fi
puiffant & fi ingénieux, qui entend nos langages, qui con-
çoit l'ordre de nos fociétés & en diftingue les rangs, qui
montre même l'idée & le fentiment de la juftice : le ftyle
de cette defcription n'eft point élevé, il eft élégant &
fimple ; c'eft le portrait d'un fage.

Celui qui a deffiné avec des traits fi fiers & fi fublimes

F ij

le lion & le tigre, est-il le même qui a peint avec des traits si doux & des couleurs si aimables, la beauté & la grace de la gazelle, le retour du printemps & de l'amour, le chant de la fauvette & les caresses de la colombe ?

Dans ces descriptions, M. de Buffon saisit toujours ce qu'il y a de plus particulier dans le caractère des animaux ; il le fait ressortir, & chacun de ses portraits a de la physionomie ; il y mêle toujours quelque allusion à l'homme ; & l'homme, qui se cherche dans tout, lit avec plus d'intérêt l'histoire de ces êtres, dans lesquels il retrouve ses passions, ses qualités, & ses foiblesses.

M. de Buffon explique l'origine physique des idées, des sentimens, de la mémoire, de l'imagination des animaux, avec la même philosophie qu'il a montrée dans l'histoire de l'homme ; c'est à la perfection d'un sens, ou à l'imperfection d'un autre, qu'il attribue autant qu'à l'organisation, leur genre de vie, leur caractère, le degré & l'espèce de leur intelligence. Après quelques pages d'une métaphysique digne de Locke ou de Condillac, il tombe quelquefois dans des contradictions & des obscurités. Souvenons-nous que, depuis la mort de Socrate, les Philosophes de la Grèce se sont enveloppés des ténèbres de la double doctrine, & que celui qui a égalé leur génie, a pu imiter leur prudence.

S'il excelle dans la description des animaux, il n'est pas moins admirable lorsqu'il peint la surface de la Terre. Jamais l'éloquence descriptive n'a été plus loin que dans les deux Vues de la Nature ; c'est le spectacle le plus magnifique que l'imagination, s'appuyant sur la Philosophie, ait présenté à l'esprit humain. Lucrèce & Milton n'auroient pas fait une plus belle & plus riche description, &

Ils n'y auroient pas mis autant de philofophie. Là, le grand
art du Peintre n'eft que le choix des circonftances & l'ordre dans lequel elles font placées ; ce font toujours de
grandes chofes expofées avec fimplicité : tous les détails
font grands, l'enfemble eft fublime ; l'envie a voulu y
voir de la parure, il n'y a que de la beauté.

Celui qui le premier avoit porté de grandes vues &
des idées générales dans l'Hiftoire Naturelle, celui qui
avoit retrouvé le miroir d'Archimède & fait une foule
d'heureufes expériences, celui qui avoit fait plufieurs découvertes qu'il devoit à fa fagacité plus qu'à fes études
affidues, a été bien excufable d'avoir porté trop loin le
talent de généralifer, & d'avoir eu quelquefois un fentiment exagéré des forces de l'efprit humain. Ce génie actif &
puiffant devoit fe trouver trop refferré dans les bornes que
la Nature nous a prefcrites. Il falloit un nouveau monde
à ce nouvel Alexandre. Rapide dans fes idées, prompt
dans fes vaftes combinaifons, impatient de connoître, pou-
voit-il toujours s'affervir à la marche lente & fûre de la
fage Philofophie ?

Pardonnons-lui de s'être élancé d'un vol au fommet
de la montagne vers lequel tant d'autres fe contentent de
gravir. C'eft de là que, portant fes regards dans un efpace immenfe, il a vu la Nature créer, développer, perfectionner, altérer, détruire & renouveler les êtres; il
l'a comparée avec elle-même, il a vu fes deffeins, & a
cru voir les moyens qu'elle emploie. De la hauteur où il
s'étoit placé, cherchant à découvrir les caufes de l'état
du globe, les propriétés premières, & les métamorphofes
des fubftances qui le compofent ou qui l'habitent, il s'eft
précipité dans cet abîme des temps, dont aucune tradi-

tion ne revèle les phénomènes, où le génie n'a pour guide que des analogies incertaines, & ne peut former que de fpécieufes conjectures.

Sans doute la doctrine de la formation des planètes & de la génération des êtres animés, fera citée au tribunal de la raifon ; mais elle y fera citée avec les erreurs des grands Hommes. Les idées éternelles de Platon, les tourbillons de Defcartes, les monades de Léibnitz, tant d'autres moyens d'expliquer toutes les origines, tous les mouvemens, toutes les formes, n'ont point altéré le refpect qu'on a confervé pour leurs inventeurs, parce que leurs brillantes hypothèfes ont prouvé la force de leur imagination & celle de leur raifonnement.

Nous pouvons refufer d'adopter les fyftêmes de M. de Buffon ; mais foyons juftes fur la manière dont il les expofe & dont il les défend ; il ne les enveloppe d'aucun nuage ; il eft impoffible de les préfenter avec plus de modeftie. Il ne les donne d'abord que comme des fuppofitions. Il commence par les appuyer des preuves les plus foibles ; de plus fpécieufes fuccéderont bientôt ; il en arrivera de plus puiffantes, il les environne de vérités : toutes fe lient, fe fortifient l'une par l'autre ; la dialectique eft parfaite, le ftyle eft toujours majeftueux, clair, & facile ; c'eft celui que la raifon pourroit choifir pour parler aux hommes avec autorité.

Quelque degré de vraifemblance que le génie de M. de Buffon ait pu prêter à fes fyftêmes, gardons-nous de croire qu'ils infpirent aujourd'hui une aveugle confiance ; nous ne fommes plus au temps où les erreurs fe propageoient fous les aufpices d'un grand Homme. Toutes les opinions font difcutées ; on diftingue dans un fyftême ce qu'il y a de vrai ou de faux ; fi l'expérience ne le foutient pas, fa foibleffe eft reconnue, & on n'a pu la reconnoître fans acquérir de nouvelles lumières. Rendons grace aux hommes de génie qui ont imprimé du mouvement à leur fiècle; pardonnons-leur des illufions, lorfqu'en s'écartant de la vérité, ils ont augmenté le défir de s'occuper d'elle. M. de Buffon a infpiré une nouvelle ardeur pour toutes les Sciences qui tiennent à l'étude de la Nature. Il a rendu plus commun le plaifir de la contempler & celui d'en jouir ; il nous a fait partager fon enthoufiafme pour elle : nous la regardons aujourd'hui avec les yeux attentifs ou charmés du Philofophe ou du Poète ; nous lui découvrons de nouvelles beautés, quelque chofe de plus majeftueux; nous lui arrachons tous les jours quelques fecrets, dont nous nous flattons de faire ufage.

M. de Buffon a été comblé des faveurs de la renommée ; on peut le compter dans le petit nombre des hommes qui ont reçu de leur fiècle le tribut d'eftime & de reconnoiffance qu'ils avoient mérité. S'il eût cultivé un autre genre de philofophie, peut-être auroit-il été moins heureux. On aime à fe délivrer de l'ignorance de la Nature, qui ne peut être utile à perfonne, tandis qu'il y a encore des hommes qui veulent maintenir l'ignorance morale. Le Phyficien a des admirateurs, & fes Critiques ne relèvent que fes fautes. Le Philofophe, dont les études ont pour objet les droits de l'homme & les règles de la vie, reçoit de fon fiècle plus de cenfures que d'éloges; quand le temps commence à rendre populaires fes maximes qui combattent l'injuftice, il a moins de détracteurs, mais il conferve des ennemis.

M. de Buffon, dans fes jardins de Montbard, cherchant des vérités ou de grandes beautés, rencontrant les unes ou les autres, aimé de quelques amis qui devenoient fes difciples, cher à fa famille & à fes vaffaux, goûtoit tous les plaifirs d'une vieilleffe occupée, qui fuccède à de beaux jours qu'ont remplis des travaux illuftres.

S'il quittoit fa retraite délicieufe, c'étoit pour revoir ce Jardin Royal, ce Cabinet d'Hiftoire Naturelle, qui lui doivent ce qu'ils poffèdent de plus précieux. Les bâtimens qui renferment une partie de ces tréfors, avoient été embellis & agrandis par fes foins & même par fes avances. Les merveilles des trois règnes y font dépofées dans un ordre qui femble être celui que la Nature indiqueroit elle - même. Ce Jardin, ce Cabinet font devenus une bibliothèque immenfe, qui nous inftruit toujours & ne peut jamais nous tromper. Là, M. de Buffon, jetant un coup-d'œil fur tout ce qui l'environnoit, pouvoit jouir, comme le Czar Pierre, du plaifir d'avoir repeuplé & enrichi fon Empire. Il y recevoit les vifites & les hommages des Savans, des Voyageurs, des Hommes illuftres dans tous les genres, & même des Têtes couronnées. Plufieurs lui apportoient ou lui envoyoient des animaux, des plantes, des foffiles, des coquillages de toutes les parties de la terre, des rivages de toutes les mers. Ariftote, pour raffembler fous fes yeux les productions de la Nature, avoit eu befoin qu'Alexandre fît la conquête de l'Afie; pour raffembler un plus grand nombre des mêmes productions, que falloit - il à M. de Buffon ? SA GLOIRE.

www.ingramcontent.com/pod-product-compliance
Lightning Source LLC
Chambersburg PA
CBHW061704180626
46818CB00003B/1259